VOYAGE

AU

GRAND DÉSERT,

EN 1851,

PAR LE R. P. PIERRE DE SMET,

MISSIONNAIRE DE LA COMPAGNIE DE JÉSUS.

LETTRES INÉDITES,

(SUITE.)

BRUXELLES,

IMPRIMERIE DE J. VANDEREYDT,

RUE DE FLANDRE, 104.

1853

APPROBATION.

Ayant fait examiner l'opuscule intitulé : *Voyage au Grand Désert, par le R. P. Pierre De Smet, missionnaire de la Compagnie de Jésus*, nous en permettons l'impression.

Malines, le 4 août 1853.

P. CORTEN, *Vic. Gén.*

COLLECTION DE PRÉCIS HISTORIQUES,

PAR ÉD. TERWECOREN, S. J.,

Préfet des études au Collége Saint-Michel, à Bruxelles.

2e ANNÉE, 1853.

Deux livraisons par mois. — Abonnement, 5 francs par an.

VOYAGE

AU

GRAND DÉSERT.

TROISIÈME LETTRE.

M....

Toute la matinée du 31 juillet, jour où l'Église célèbre la fête de saint Ignace, fondateur de la Compagnie de Jésus, fut employée à faire les préparatifs nécessaires pour notre excursion dans l'intérieur du pays. M. Culbertson, surintendant des forts situés sur les rives des rivières le Missouri et la Roche-Jaune, est un homme distingué, d'un caractère doux, bienveillant et charitable; il est au besoin courageux et intrépide. Toujours il m'a prodigué des témoignages d'amitié et de bonté, mais surtout pendant cette dernière excursion. Placé à la tête de notre petite compagnie, il fut à même de favoriser mon projet.

Nous étions au nombre de trente-deux personnes; la plupart étaient des sauvages Assiniboins, Minataries et Corbeaux qui devaient se rendre au grand conseil indien dans le voisinage du fort Laramée, par la même route que nous avions choisie, et qui n'avait guère moins de huit cents milles de longueur. Deux chars et deux charrettes pour transporter nos provisions et notre bagage formaient tout notre convoi. Ces quatre véhicules furent probablement les premiers qui traversèrent jamais le désert. On ne voit pas le moindre vestige de route tracée entre le fort Union et les Buttes-Rouges, qui se trouvent sur la route de l'Orégon, et qui sont à la distance de cent soixante et un milles à l'ouest du fort Laramée.

Après avoir dîné, nous traversâmes le fleuve avec notre bagage. Suivant le cours d'un des petits tributaires de la rivière Roche-Jaune, nous fîmes six milles environ. Nous avions avec nous un habile chasseur métis de la nation des Pieds-Noirs. Il débuta heureusement en nous apportant deux gros chevreuils qu'il avait tués. Les maringouins nous attaquèrent de toutes parts et ne nous laissèrent point de repos. Il fallut les combattre sans relâche, avec des branches, des mouchoirs et de la fumée. Cette dernière arme est la plus efficace pour dissiper ces insectes sanguinaires; mais elle est en même temps pour les voyageurs la plus rude à supporter. La nuit survint et nous amena une tempête. Le tonnerre grondait au-dessus de nos têtes et les nues déchargeaient un torrent d'eau.

Le 1er août, à six heures du matin, nous nous remîmes en route. Nous prîmes toutes les précautions possibles pour éviter la rencontre de quelque bande ennemie. Les sauvages qui nous accompagnaient tinrent les yeux fixés sur le sol pour voir s'ils ne découvriraient pas des traces récentes de leurs ennemis. Une expérience extraordinaire leur donne un tact admirable pour leur faire trouver des indices qui sont imperceptibles à d'autres. Les sauvages que nos compagnons avaient le plus à craindre dans le pays que nous avions à traverser, étaient les Pieds-Noirs et les Sioux. Après avoir déjeuné aux environs de la source de la rivière du Renard, nous traversâmes depuis le matin jusqu'au soir des plaines élevées et ondoyantes, bornées par des chaînes de coteaux qui s'étendent de la rivière Roche-Jaune au fleuve du Missouri. De temps en temps, on voit dans le lointain des promontoires qui servent de guides au voyageur. Au déclin du jour, nous fixâmes notre camp près de la base des Têtons de la Roche-Jaune. Ces Têtons ont pris leur nom d'un groupe de hautes collines, situées dans un des vallons délicieux qui sont en grand nombre dans ces parages et qui, entourés d'arbres et d'arbustes de différentes espèces, forment un contraste agréable avec les plaines dégarnies de bois que nous venions de traverser. On y trouve une grande abondance de fruits sauvages, tels que prunes, cerises, groseilles, sorbes, baies de buffle, ou *shepherdia angelica.* Parmi les végétaux et les racines nous remarquâmes la *psoralea esculenta,* ou racine à pain; la pomme blanche, avec sa fleur d'une blancheur ravissante et de forme ovale, qui a près de trois pouces de circonférence, se trouve partout dans le désert et mériterait une place dans un jardin des plantes choisies; les sauvages en font grand cas. L'oignon sauvage et l'oignon doux portent de belles fleurs; ces plantes s'amélioreraient sans doute par la culture; les racines de la flèche d'eau, du genre *sagittaria,* et celles du lis de la vallée, du genre *convallaria,* sont également très-recherchées par les Indiens, qui leur donnent le nom de *patate de cygne*. Le pois et la fève de terre sont des racines délicieuses et très-nourrissantes; elles se trouvent ordinairement dans les terres basses et alluviales. Ces racines forment une portion considérable de la nourriture des sauvages pendant l'hiver; ils les vont chercher dans les endroits où les souris et d'autres petits animaux, surtout les écureuils de terre, les ont entassées.

Les maringouins nous tourmentèrent beaucoup durant le jour. Ils inquiétèrent surtout nos chevaux et nos mules qui en étaient couverts. Pour nous, nous avions pris nos mesures contre leurs attaques, en portant de gros gants, malgré la grande chaleur, et en couvrant nos têtes d'enveloppes de gaze grossière en forme de sacs.

La distance entre les Têtons et le fort Union est d'environ trente milles. Nous vîmes très-peu de bêtes fauves; de temps en temps, une gazelle ou un chevreuil était réveillé dans sa reposée et prenait la fuite à notre approche. Les traces de toutes les espèces d'ours, surtout de l'ours gris, y sont très-communes. On rencontre principalement l'ours gris dans les endroits boisés et le long des rivières et des ruisseaux. Nous réussîmes à en tuer trois, non sans beaucoup de danger et d'efforts. Notre chasseur nous apporta deux gazelles bien grasses qui furent bientôt apprêtées et servies à notre souper. Un des sauvages tua un chat puant (*mephitis americana*). La puanteur de cet animal est insupportable aux blancs; les sauvages, au contraire, paraissent l'aimer; la chair en est pour eux une nourriture exquise. Qu'il est vrai le proverbe : « *de gustibus non est disputandum!* » A chacun ses goûts et ses caprices.

Le 2 août, nous partîmes de grand matin et nous trouvâmes la brise très-agréable. Le pays que nous traversâmes était plein d'intérêt. Les vallées étaient couvertes d'une riche verdure et d'une profusion de fleurs de différentes couleurs. Des bocages de cotonniers, d'ormes, de frênes, ainsi que des groupes de sorbiers et de cerisiers, s'offraient à la vue le long des rivières et des ruisseaux qui étaient alors à sec. Nous montâmes pas à pas les côtes qui séparent les eaux du Missouri de celles de la Roche-Jaune, comme autant de barrières insurmontables sillonnées par des ravines profondes. Nous triomphâmes de ces obstacles avec beaucoup de difficulté et nous atteignîmes enfin le sommet de ces hauteurs. Là s'offrit à nos yeux le spectacle le plus magnifique. La nature y a accumulé une grande variété de ses caprices les plus bizarres. D'un côté, on voit une succession de belles prai ries entrecoupées çà et là de bocages d'arbres rabougris et de buissons, et se terminant en collines verdoyantes parsemées de groupes de cèdres et de pins; de l'autre, on aperçoit des tas difformes d'argile rouge et blanche et des amas de pierres, qui de loin par leur couleur ressemblent à des briqueteries, quoiqu'en apparence jetées sans ordre les unes à côté des autres; ces pierres ajoutent beaucoup d'intérêt aux objets curieux qui se présentent à la vue.

La région que nous traversâmes pendant plusieurs jours nous fournit des preuves évidentes qu'elle avait été fort volcanique, même jusqu'à une époque bien récente, car la surface en était encore couverte de lave et de scories. J'ai compté jusqu'à soixante et dix collines en forme de cônes et de vingt à cent cinquante pieds de haut, groupées dans une seule plaine et dans un espace de quatre à cinq milles; elles avaient évidemment passé par l'ordéal de feu. Quelques-unes de ces collines avaient été formées de grands fraisils que la terre, dans ses convulsions brûlantes, semblait avoir vomis de ses entrailles. Plusieurs fois, après avoir fait quelques milles sur les hauteurs, nous nous trouvâmes soudainement en face d'une pente presque perpendiculaire de roche et d'argile blanche, où nous eûmes à descendre nos voitures à force de bras. Nous entrâmes ensuite dans une chaîne de vallons et de prairies fertiles arrosées par des fontaines et des ruisseaux, embellies par le cotonnier, l'orme, le frêne, le cèdre et le pin. Dans d'autres endroits, les sommets des côtes sont remarquables par leur beauté et par de riches et ondoyantes plaines où abonde la verdure.

Le quatrième jour de notre voyage, nous aperçûmes des milliers de buffles. Tout l'espace entre les rives du Missouri et celles de la Roche-Jaune en était couvert à perte de vue. Jusqu'alors les maringouins nous avaient beaucoup tourmentés, tandis que là ils avaient entièrement disparu. Nous cherchâmes la cause de ce phénomène; les sauvages nous dirent que l'absence de nos ennemis ailés avait pour cause la présence du nombre prodigieux des buffles qui paissaient dans les plaines d'alentour et qui attiraient ces insectes. Nous vîmes en effet ces nobles animaux se débattre en jetant, avec leurs cornes et leurs pieds, de la terre sur leurs corps, ou en se roulant dans le sable et la poussière qui montaient dans l'air comme des nuages. Le sort de ces animaux paraît bien pénible. Ils sont tourmentés jour et nuit. Pendant toute une semaine nous entendîmes leurs mugissements semblables au bruit du tonnerre qui gronde dans le lointain, ou aux vagues de la mer qui se brisent contre le rivage. On peut dire que c'est le pays où les buffles et les bêtes fauves, en général, se trouvent en plus grande abondance. Un bon chasseur y pourrait tuer facilement, dans une journée, plusieurs vaches, plusieurs cerfs, une grosse corne, ou mouton de montagnes, un chevreuil à queue rouge et un autre à queue noire, une gazelle, des lièvres et des lapins; il pourrait tirer une ou deux fois sur un ours gris et rencontrer peut-être un renard croisé ou argenté. A cette liste d'animaux on peut ajouter le castor, la loutre, le blaireau, le chien de prairies, et plusieurs espèces de volailles, principalement des faisans et des coqs de bruyère. Nos chasseurs, on le conçoit aisément, purent faire leur choix. En effet, on se régala de ce qu'il y avait de plus délicat et nous laissâmes une grande quantité de chair dans les plaines pour servir de nourriture aux vautours et aux loups, dont les hurlements et les réjouissances résonnaient déjà de toutes parts.

Un sauvage assiniboin nous donna une preuve remarquable de sa dextérité à la chasse; je ne puis omettre d'en faire mention. Seul et à pied, il s'approcha, sous le vent, d'un grand troupeau de femelles de buffles. Dès qu'il fut assez près d'elles pour leur faire entendre le son de sa voix, il commença à imiter le cri d'un jeune veau. Aussitôt les vaches accoururent vers l'endroit où se cachait le chasseur industrieux et il en tua une. Le troupeau alarmé se retira en toute hâte et en grand désordre. Le chasseur rechargea sa carabine et renouvela le cri. Une seconde fois, les vaches s'arrêtèrent et revinrent comme par enchantement; il en tua une autre. Ce sauvage nous assura qu'il aurait pu en tuer davantage en se servant de la même ruse. Il crut que nous avions assez de deux vaches et laissa partir le reste.

Les voyageurs jouissent d'un excellent appétit dans ces hautes régions. J'ai été étonné plus d'une fois de la vaste quantité de viande qu'un homme est capable d'y consommer sans nuire à sa santé; on le croirait à peine en Europe. Une et même deux langues de buffle, une côte avec quelques autres bagatelles ne sont pas considérées comme une portion considérable pour un seul repas.

Le 7 août, nous traversâmes des terres entrecoupées de beaucoup de ravines et de ruisseaux à sec. Le sol était plus léger que celui que nous venions de fouler; il était couvert de différentes espèces d'*artemisia* ou absinthe, signe infaillible d'un pays stérile. L'aspect de toutes les ravines, de toutes les rives, de tous les lits des rivières et des ruisseaux, et de tous les coteaux, prouve qu'il y a dans cette région de nombreuses mines de charbon de terre. Les observations que j'ai faites sur la qualité du sol me font augurer que ces dépôts de charbon s'étendent jusqu'aux mines nombreuses qui se trouvent sur les terres arrosées par les rivières Sascatshawin et Atabasca dont j'ai déjà parlé dans quelques-lettres écrites en 1845 et 1846, après avoir traversé ces endroits.

Des signes évidents montrent au voyageur que les plaines immenses qu'il traverse, et où il ne voit pas un seul arbuste, n'ont pas toujours été dénuées de bois. Des troncs d'arbres et des arbres entiers pétrifiés s'offrent souvent à la vue. On s'étonne, on admire ; on fait des conjectures sur le changement qui s'y est opéré. Mais quelle réponse peut-on donner à la question : Pourquoi ces terres-là ne sont-elles pas boisées, comme elles le furent sans doute dans les temps antérieurs? Les steppes de l'Asie, les pampas de l'Amérique méridionale et les prairies occidentales de cet hémisphère semblent posséder un caractère commun et uniforme; généralement parlant, on n'y trouve ni arbres ni arbrisseaux. Quelques voyageurs l'attribuent à l'action du feu qui a souvent passé par ces endroits; d'autres, au changement que le climat y a subi, ou à la stérilité naturelle du sol; il en est enfin qui prétendent que quelque opération de la nature

2

a détruit les forêts qui y existaient autrefois et réduit ces régions à la condition où nous les voyons aujourd'hui. J'ai examiné différents endroits; les grands tas de coquilles de l'espèce testacée et du genre *muscula* que j'ai trouvés à quelques pieds du sommet des côtes les plus élevées, et qui étaient incorporés dans des terres alluviales et mêlés de sable et de cailloux rongés par l'eau, prouvent les changements aussi grands qu'étonnants que cette région élevée a soufferts.

Le même jour, nous traversâmes une vaste côte qui s'étend jusqu'aux Buttes de la Tête de Hibou. Ces buttes, dans cet océan de prairies, servent à diriger le guerrier, le voyageur et le chasseur qui les aperçoivent à une distance de trente milles. Du sommet de cette côte, nous avons contemplé avec plaisir et étonnement ce qu'on appelle le *pays des terres blanches*, ou plaines argileuses de la Roche-Jaune. Du sud au nord elles mesurent un espace de trente à quarante milles. Quand on est placé sur cette hauteur, l'imagination croit découvrir des ruines d'anciennes villes. On semble voir des rangées confuses de colonnes brisées, des forts avec leurs tourelles et leurs bastions, des tours, des dômes, des murs en ruine, des châteaux, des édifices de toutes sortes. Quelques-unes de ces colonnes d'argile dure, de couleur rouge et blanche, ont de cinquante à cent pieds d'élévation. J'aurais employé avec plaisir un ou deux jours à examiner attentivement ces productions volcaniques. Je suppose que ce sol ressemble à celui du pays des Terres-Blanches, situé près du Missouri, et où passe la rivière Terre-Blanche, et qu'il contient à peu près les mêmes fossiles intéressants.

De pareils terrains qui ont cessé d'être volcaniques, se trouvent aux environs des sources supérieures des rivières de l'Arkansas, de la Platte et de la Grosse-Corne, tributaire de la Roche-Jaune. Près de la source de la Rivière-Puante, l'un des tributaires de la Grosse-Corne et dont les eaux imprégnées de soufre ont probablement les mêmes qualités médicales que les fontaines célèbres, nommées Blue Lick springs, au Kentucky, se trouve l'endroit appelé l'*Enfer de Colter,* du nom d'un chasseur de castors. Cet endroit est souvent agité par des convulsions souterraines. Les gaz sulfureux qui s'échappent en grande abondance du sol brûlant infectent l'atmosphère à plusieurs milles de distance et rendent le terrain si stérile, que l'absinthe même n'y peut croître. Les chasseurs de castors m'ont assuré que les bruits ou explosions souterraines que l'on y entend souvent sont épouvantables. Toutefois je pense que l'endroit le plus remarquable sous ce rapport, et peut-être le plus merveilleux de l'hémisphère septentrional de ce continent, se trouve au centre même des Montagnes-Rocheuses, entre le 43e et le 45e degré de latitude et le 109e et le 111e degré de longitude, c'est-à-dire, entre les sources de la rivière Madison et de la Roche-Jaune. Il s'étend à une distance de près de cent milles. Des fontaines bitumineuses, sulfureuses et d'eau bouillante, y sont en très-grand nombre. Les fontaines chaudes contiennent une grande quantité de matières calcaires, et forment des coteaux plus ou moins élevés qui ressemblent peut-être par leur nature, sinon par leur étendue, aux fameuses fontaines de Pemboukkalesi, dans l'Asie Mineure, qui ont été si bien décrites par Chandler. La terre est lancée à une grande hauteur, et l'influence des éléments lui fait prendre les formes les plus variées et les plus fantastiques. Des gaz, des vapeurs, de la fumée, s'échappent sans cesse par des milliers d'ouvertures depuis la base jusqu'au sommet de la côte volcanique; le bruit ressemble parfois à celui de la vapeur qui sort avec force des tuyaux d'un bateau. Comme à *l'Enfer de Colter,* on y entend des explosions souterraines très-fortes. Les chasseurs et les sauvages en parlent avec une crainte superstitieuse et regardent ce lieu comme la demeure des mauvais esprits, c'est-à-dire comme un enfer. Les sauvages s'en approchent rarement sans offrir quelque sacrifice, ou, au moins, sans présenter le calumet de paix aux esprits turbulents pour se les rendre propices. Le bruit souterrain provient, disent-ils, de ce qu'on y forge des instruments de guerre; chaque éruption de terre est à leurs yeux le résultat d'un combat livré entre les mauvais esprits et devient le monument d'une nouvelle victoire ou calamité... Près de la rivière de *Gardiner*, qui est un tributaire de la Roche-Jaune et avoisine la région que je viens de décrire, on trouve toute une montagne de soufre. Je tiens ce rapport du capitaine Bridger, qui a parcouru toutes ces montagnes dans tous les sens et y a passé plus de trente années de sa vie.

Depuis les Buttes du Hibou, où nous campâmes le 7 août, jusqu'aux sources de la rivière d'Immel qui en est éloignée de trente-six milles environ, nous voyageâmes sur les hauteurs. La surface était raboteuse, coupée par des ravines profondes et très-difficile à passer avec nos véhicules. A chaque pas, nous rencontrions des débris volcaniques; pendant deux jours notre route nous offrit à droite et à gauche des coteaux brûlés, dont quelques-uns étaient encore couverts de lave et de scories, et qui évidemment étaient les cratères d'où les matières volcaniques avaient été lancées de toutes parts dans les plaines voisines.

Au déclin du même jour, nous fûmes témoins d'un beau phénomène. La lune était environnée de quatre cercles : le premier d'un bel azur, le second de pourpre, le troisième blanc, et le quatrième était obscur ou noir. Au milieu de ces cercles la lune brillait de tout son éclat. Les sauvages augurèrent de ces signes qu'une bande hostile se trouvait dans notre voisinage, et ils passèrent toute la nuit à veiller, les armes à la main...

Le 10, nous quittâmes les hautes côtes et nous allâmes à peu près vingt milles à travers un pays stérile, très-raboteux et creusé par les pluies. Une espèce de salamandre, que l'on nomme communément *grenouille à cornes*, les lézards et les serpents à sonnettes y abondent. Voici tout ce que j'ai pu apprendre des sauvages au sujet des remèdes dont on se sert pour guérir la morsure du dernier de ces reptiles. La racine noire est regardée parmi les sauvages comme un remède souverain contre la morsure du serpent à sonnettes, et la Providence l'a rendue très-abondante, précisément dans les endroits où ces reptiles se trouvent. C'est bien le lieu de dire que le remède est à côté du mal. Il suffit de la bien mâcher et de l'appliquer sur la blessure pour que l'enflure s'arrête et disparaisse aussitôt. Lorsqu'un sauvage, son cheval ou son chien a été mordu par un de ces serpents, on poursuit le reptile, qui meurt presque immédiatement après avoir donné son coup de dent. On lui ouvre l'estomac, on en extrait le sang qu'il a avalé, on l'applique sur la blessure ; aussitôt l'enflure cesse et les effets dangereux du poison sont détruits. Quand les enflures sont très-considérables, les sauvages se servent des os aigus et des dents du serpent à sonnettes pour piquer et ouvrir la peau enflée, et par ce moyen ils dissipent et ôtent l'inflammation. Le serpent connu sous le nom de *tête de cuivre* a un poison si subtil, que son souffle seul cause la mort à celui qui l'aspire. Sa langue n'est pas fourchue comme celle des autres serpents; elle est d'une forme triangulaire. Lorsqu'on effarouche le reptile, sa tête s'aplatit, il jette avec force par sa bouche une grande quantité de venin jaune et souffle jusqu'à ce qu'il expire.

Le 11, nous arrivâmes de bonne heure à la partie supérieure d'une belle plaine en pente douce. L'ayant traversée, nous nous trouvâmes au *fort Alexandre,* situé sur la rive de la Roche-Jaune, et à une faible distance de l'embouchure de la petite rivière *Bouton de Rose*. Il y a environ deux cents milles du fort Union au fort Alexandre. L'hiver, dit-on, est très-rigoureux dans ces parages, et commence en novembre pour ne finir qu'en avril.

Agréez, etc.

P.-J. De Smet, S. J.

QUATRIÈME LETTRE.

M....

Après que nous nous fûmes arrêtés au fort Alexandre pendant six jours, afin de donner le temps à nos animaux de se reposer de leurs fatigues, et pour attendre l'arrivée de la berge de la Compagnie de Pelleteries, qui portait plusieurs de nos effets, nous passâmes la rivière Roche-Jaune, le 17 du mois d'août, vers les deux heures après midi. Nous traversâmes une plaine élevée et unie sur une étendue de cinq milles; elle est d'un sol léger, sablonneux, et littéralement couverte de « crapauds verts, » nom vulgaire que les voyageurs donnent aux plantes du genre cactus, si remarquables par la grandeur et la beauté de leurs fleurs et par leurs formes grotesques et variées. Les ronds et les ovales, de la grosseur d'un œuf de poule, y abondent et sont entourés de longues épines dures et minces comme des aiguilles; touchées par les pieds des chevaux, elles s'élancent et s'attachent aux jambes et au ventre des animaux, et les rendent furieux et intraitables. Nous arrivâmes bientôt dans la vallée des Boutons de Roses; et, continuant notre route jusque vers le coucher du soleil, nous y campâmes sur les bords de la petite rivière qui porte le même nom, et près d'un bel étang où une nouvelle digue avait été construite par des castors.

Cette section de pays nous offrit souvent l'occasion d'admirer le travail et l'industrie de ces intelligents animaux. Ils paraissent ici beaucoup plus nombreux que dans aucun autre des districts que j'ai visités. On attribue leur conservation principalement aux incursions continuelles des partis de guerre, soit Sioux, Assiniboins, ou Pieds-Noirs, ennemis implacables des Corbeaux, et qui empêchent les chasseurs et les Indiens du pays de se hasarder dans ces parages. Aujourd'hui le prix des fourrures de castor est si bas que cette chasse est presque abandonnée. Anciennement les Corbeaux avaient pour les castors la plus haute vénération, parce que cette nation croyait que « les Corbeaux devenaient castors après leur vie. » Cet article de foi a fait perdre la chevelure à plus d'un chasseur blanc, car tout Corbeau se croit tenu de protéger, de défendre et de venger, même par la mort, *ses proches parents*, dans leur seconde existence. Depuis quelques années, cet article de foi a été rayé de leur code religieux, certainement au grand détriment des castors. Ces superstitions ne viendront à disparaître, comme tant d'autres, que lorsque la foi catholique éclairera ces contrées, sur lesquelles règnent encore de si épaisses ténèbres.

Pendant quatre jours, et en parcourant une distance d'environ cent milles, nous remontâmes la vallée jusqu'aux sources du Bouton de Rose. Là encore le sol est très-léger et sablonneux; il est pourtant couvert de roses, d'absinthe et de cactus, et entrecoupé de ravines difficiles à passer avec des voitures. Les bords de la petite rivière présentent çà et là des bocages de cotonniers, entremêlés d'arbres fruitiers, tels que pruniers, cerisiers et corniers, qui y sont très-abondants.

Cette rivière prend sa source dans une chaîne de coteaux et de collines appelés dans le pays les montagnes du Petit-Loup. Elles sont en général d'un aspect et d'une forme très-agréables. Le manque d'eau, et surtout d'eau de fontaine, y est fortement senti des voyageurs dans cette saison de l'année. On trouve quelques trous d'eau stagnante dans les lits secs des rivières; mais souvent le goût en est à peine supportable. Les bandes de buffles y sont moins nombreuses que dans les terres plus septentrionales, probablement à cause des partis de guerre qui y rôdent sans cesse. Cependant on aperçoit à chaque instant de grands troupeaux de cerfs et beaucoup de chevreuils et de moutons. Nous aperçûmes des traces récentes d'ennemis, des carcasses d'animaux très-dangereux tués, des empreintes de pieds dans les sables, des campements cachés, des boucans mal éteints. Nous redoublâmes donc de vigilance pour éviter toute surprise périlleuse. Une belle capote de chef, de drap écarlate et galonnée, pendue à une branche d'arbre, fut aperçue de loin; le vent la remuait comme un drapeau flottant. Il y eut une course parmi nos gens à qui s'en emparerait le premier; un Assiniboin ayant remporté le prix, la capote fut examinée avec grand soin. On la supposait avoir été offerte, la veille seulement, en sacrifice au soleil par quelque chef pied-noir. Les sauvages, dans leurs excursions de guerre, font souvent de pareilles offrandes, soit au soleil, soit à la lune; ils espèrent, de cette manière, se les rendre favorables et obtenir par leur entremise beaucoup de chevelures et de chevaux. Les objets les plus précieux qu'ils possèdent, et auxquels ils attachent le plus de prix, sont ainsi souvent sacrifiés. Les Mandans, les Arrikaras surtout, et leurs voisins, vont plus loin encore; ils se font des incisions profondes dans les parties charnues du corps, et se coupent jusqu'aux phalanges des doigts, avant d'aller en guerre, pour obtenir les mêmes faveurs de leurs fausses divinités. Dans ma dernière visite aux Riccaries, aux Minataries et aux Mandans, je n'ai pu remarquer un seul homme un peu avancé en âge dont le corps ne fût pas mutilé et qui eût encore tous ses doigts. Ceci prouve la profondeur de leur ignorance et l'affreuse idolâtrie dans laquelle ces malheureuses tribus se trouvent encore plongées!! A ce sombre tableau on peut ajouter, ce que j'ai déjà rapporté ailleurs, un amour effréné pour le jeu, qui enlève jusqu'aux heures destinées au repos le plus nécessaire; une paresse qui ne cède qu'à l'aiguillon de la faim; une pente continuelle à la dissimulation, à la gourmandise, à tout ce qui flatte la sensualité. Et cependant, au milieu de cette profonde misère, ils sentent un besoin indéfinissable d'invoquer une puissance supérieure à l'homme; ils sont attentifs à tout ce qui peut leur révéler quelque moyen de la fléchir, et leur donner quelque connaissance de l'Être suprême. Ils aiment le missionnaire; toujours ils l'écoutent avec plaisir. Dans les différentes visites que j'ai faites aux sauvages du Haut-Missouri, à en juger par le respect et l'amitié qu'en ma qualité de prêtre ils m'ont montrés dans toutes les occasions et dans toutes les circonstances, j'ai la ferme conviction que si quelques missionnaires zélés s'occupaient d'eux, ils deviendraient bientôt des chrétiens généreux, remplis de zèle et d'ardeur pour la gloire du Seigneur et pour sa sainte loi. « Ils connaîtraient leur Père qui est aux cieux, et Celui qu'il a envoyé sur la terre; » ils deviendraient les disciples fidèles du Rédempteur, qui désire si ardemment que tous se sauvent, et qui n'a pas dédaigné de verser tout son sang sur la croix pour le salut du monde.

Le 22 du mois d'août, nous quittâmes la vallée du Bouton de Rose, et nous traversâmes la chaîne montagneuse qui la sépare de la rivière à la Langue. La crête de cette chaîne présente une suite de rochers de pierres à sablon, sous une multitude de formes variées et fantastiques. La montée et la pente sont à pic et par conséquent difficiles à passer avec des voitures; il fallait l'assistance de tous les bras pour soutenir les attelages. Depuis plusieurs jours nous avions campé dans les environs d'un étang, ou trou rempli d'eau sale et dégoûtante. Que le contraste nous fut agréable, lorsque nous nous trouvâmes sur les bords de cette belle rivière, claire comme le cristal ! Avec quel empressement on désaltéra sa brûlante soif ! Les chevaux et les mules parurent se réjouir, hennissant et se cabrant d'impatience ; aussitôt qu'ils sentaient le relâchement des brides, ils se plongeaient dans la rivière et s'y abreuvaient à longs traits. Quand toute notre caravane eut étanché sa soif, nous continuâmes notre route. Nous traversâmes une plaine ondoyante et un haut promontoire qui de loin paraissait étincelant de cristaux ; il reçut le nom de *coteau aux diamants*. De grosses masses de mica les couvrent. Pour la première fois depuis le fort Alexandre, nous déjeunâmes près de belles et abondantes fontaines, les plus remarquables du pays. Après avoir fait environ vingt-trois milles ce jour, nous campâmes sur les bancs de la rivière à la Langue. Là nous eûmes de nouveau l'occasion de rappeler et de coordonner les souvenirs du terrain que nous avions vu. Le charbon paraît aussi abondant au sud de la Roche-Jaune, qu'au nord de cette rivière ; on le remarque partout. Les pentes des côtes sont passablement bien boisées (jusqu'aux sommets on trouve des sapins et des pins de différentes espèces) dans toute l'étendue des montagnes du Petit-Loup. On quitte celles-ci pour se rendre dans les montagnes du Grand-Loup, qu'on rencontre avant d'arriver aux Côtes-Noires. Ces montagnes forment des éperons des Monts-Rocheux; les principaux pics ont une élévation qui dépasse treize mille pieds.

Le 23, nous quittâmes la rivière à la Langue. Pendant dix heures, nous marchâmes par monts et par vaux, en suivant le cours d'un de ces tributaires; nous ne fîmes qu'environ vingt-cinq milles. Le jour suivant, nous traversâmes une chaîne de montagnes élevées pour nous rendre sur la Fourche inférieure des Pins, *Lower Piny Fork*, à une distance de vingt milles. Nous arrivâmes à l'improviste sur les bords d'un beau petit lac d'environ six milles en longueur, auquel mes compagnons de voyage donnèrent mon nom. Nos chasseurs y tuèrent plusieurs canards. En quittant le lac, nous trouvâmes de nouveau une section très-élevée, où des buttes rouges et des scories, débris volcaniques, sont répandues sur toute la surface qui s'étend jusqu'à la Fourche supérieure des Pins, *Upper Piny Fork*, et où des troncs d'arbres pétrifiés se rencontrent à chaque pas. Nous campâmes vers le soir au pied d'une montagne après avoir fait environ vingt-cinq milles, et nous fûmes assez heureux pour y trouver un trou plein d'eau. Nous nous dirigeâmes ensuite vers la rivière Sableuse à travers des plaines ondoyantes et des coteaux montagneux, parcourant ainsi une distance de vingt-quatre milles.

Le 27 août, nous nous trouvâmes sur les bords de la rivière à la Poudre, un des principaux tributaires de la Roche-Jaune. Pour y arriver il avait fallu traverser une misérable plaine très-élevée, très-stérile, couverte d'absinthe, remplie de ravines innombrables et difficiles à franchir avec des voitures. Nos voituriers s'en souviendront longtemps sans doute ; car ils disaient souvent qu'on ne les attraperait plus à mener des charrettes dans une région si abominable.

La vallée de la rivière à la Poudre dans le voisinage des Buttes aux Calebasses, qui se trouvent en vue, a une largeur de trois à quatre milles. Quoique le sol y soit léger, la verdure y est pourtant belle et l'herbe abondante pour les chevaux. La partie où je traversai la vallée est bien boisée, et on m'a dit que partout sur cette rivière le bois est assez abondant, principalement les cotonniers et un grand nombre d'arbres fruitiers. Cette vallée forme un beau contraste avec les hautes plaines de ces parages, qui sont l'image même de l'aridité et de la désolation, où on ne trouve que mauvaises herbes, monceaux de pierres et ravines profondes.

Ici nous rencontrâmes trois jeunes guerriers

corbeaux ; ils avaient été à la recherche d'un camp sioux, avec l'intention de voler des chevaux, mais ils n'avaient point réussi. Ces Corbeaux nous conseillaient de suivre le vallon d'une petite rivière qu'ils nous montraient, nous assurant que par cette direction nous ne tarderions pas à arriver au fort Laramée. Je m'étonnais de leur conseil ; la direction du vallon était sud-ouest, tandis que le fort était, selon moi, au sud-est. Nous continuâmes notre chemin en suivant l'indication donnée par les Corbeaux. Cette partie de notre voyage fut assurément la plus dure et la plus difficile. L'endroit reçut le nom de *Vallée et Rivière aux mille Misères*. Certes ce nom était bien choisi. Imaginez-vous une rivière avec des bords escarpés, qui serpente dans une étroite vallée, et qu'il nous fallut passer dix à douze fois dans l'espace de trois milles, avec des voitures et des charrettes, au grand risque, chaque fois, d'y briser nos véhicules et d'y tuer nos chevaux et nos mules. Le sol y est très-stérile ; à mesure que nous avancions, l'eau devenait plus rare ; le cinquième jour elle nous manqua complétement. Il en fut de même du dernier. La nuit qui survint fut une bien rude épreuve : nous n'avions pas, après une si longue marche, une seule goutte d'eau pour étancher une soif dévorante. Cette nuit mettait le comble aux misères du vallon.

Le 1er septembre, après avoir traversé trois chaînes de coteaux, nous gagnâmes graduellement la crête des Côtes-Noires. Nous avions une charrette de moins et une voiture brisée, dont les pièces ne tenaient ensemble qu'à force de cordes de peau crue.

Arrivés sur le sommet, nous fûmes assez heureux pour découvrir un lac dans le lointain. Nous prîmes avec empressement cette direction, car la soif nous dévorait et nous avions des craintes sérieuses pour nos bêtes de somme, dont le pas commençait à se ralentir. A notre grand étonnement nous nous aperçûmes bientôt qu'une grande distance nous séparait encore du fort Laramée. Au lieu de voir ce fort, comme les trois Corbeaux nous l'avaient fait espérer, nous nous trouvâmes en vue des Buttes-Rouges, à une distance d'environ vingt-cinq milles. Ce lieu est bien connu sur la grande route de l'Orégon : il est à cent soixante et un milles du fort Laramée... Au sommet des Côtes-Noires j'ai laissé un petit souvenir de mon passage : sur un rocher très-élevé et remarquable par sa forme, j'ai taillé une grande et belle croix. Ah ! puissent les tribus éparses du désert connaître bientôt les grandes vérités que la croix nous enseigne ! Puissent-elles sortir bientôt de l'esclavage où l'erreur les retient depuis tant de siècles !

Toute la région que nous traversâmes au sud

de la Roche-Jaune, à quelques rares exceptions près, offre peu de chances à la civilisation; le sol y est très-léger, le bois y manque, et l'eau y est rare pendant une grande partie de l'année. C'est un pays favorable seulement aux chasseurs et aux tribus nomades; tous les animaux des déserts y abondent; et pendant de longues années encore, ils ne seront point inquiétés dans leurs possessions. Quand toutes les places encore vacantes dans l'immense territoire indien, où le sol est fertile, seront remplies, alors seulement le désert au sud de la Roche-Jaune attirera l'attention; alors seulement l'industrieux et persévérant travail viendra à bout de tirer une grande étendue de cette région de sa stérilité présente.

Dans le voisinage et le long de la base des Côtes-Noires et des Montagnes au Vent, on trouve une grande étendue de terres fertiles et labourables. La verdure est riche et abondante dans toutes les vallées; ces vallées pénètrent les montagnes comme autant de veines, où des millions d'animaux domestiques pourraient être élevés; les fontaines et les ruisseaux, si rares dans la section centrale, entre la rivière Roche-Jaune et les Côtes-Noires, abondent dans l'intérieur et au pied de ces montagnes; ils présentent partout des endroits favorables à l'érection de moulins. Le climat y est, dit-on, très-salubre, et les belles forêts de cèdres et de pins suffisent abondamment à toutes les nécessités du pays. Les mines de fer et de plomb y abondent [1].

Le 2 septembre, nous nous trouvâmes sur la grande route de l'Orégon, où, comme les vagues de la mer, qui se succèdent les unes aux autres, les caravanes, composées de milliers d'émigrants de tous les pays, ont passé durant ces dernières années, pour se rendre aux riches mines d'or de la Californie, ou bien pour aller prendre possession de nouvelles terres dans les beaux vallons et les riches plaines d'Eutah et d'Orégon. Ces pionniers intrépides de la civilisation ont fait le chemin le plus beau, le plus large et peut-être le plus long de l'univers, depuis les États-Unis jusqu'à l'Océan Pacifique. Aux bords de cette large voie, on trouve une abondance de gazon pour les bêtes de somme des caravanes qui y passent sans cesse, depuis le commencement du printemps jusqu'à la fin de l'automne.

Les sauvages qui nous accompagnaient, et qui n'avaient jamais vu que les sentiers étroits de chasse, par lesquels ils se transportent avec leurs loges d'un endroit à l'autre, étaient dans l'admiration en voyant cette immense route, qui res-

[1] Le passage qui suit a été reproduit par le P. De Smet dans sa lettre à M. le chevalier Stas, insérée dans notre première livraison du *Voyage au Grand-Désert*.

semble à une aire constamment balayée par les vents, et sur laquelle pas un brin de gazon ne pousse, à cause du passage continuel. Ils conçurent une grande idée de la nombreuse *nation des blancs*, comme ils s'exprimaient; ils crurent que tous avaient passé par là et que le vide avait dû se faire dans les contrées où se lève le soleil. Ils montraient un air incrédule lorsque je leur disais qu'on ne s'apercevait nullement, *dans les terres des blancs*, du départ d'un si grand nombre de personnes.

Ils appelaient cette route *le Grand Chemin de Médecine des blancs*. Les Indiens donnent le nom de *médecine* à tout ce qui est extraordinaire, incompréhensible, religieux. Tous les campements abandonnés de cette route étaient visités et examinés en détail. Après avoir ramassé une quantité d'objets qu'ils me montrèrent pour en connaître l'usage et la signification, ils remplirent leurs havre-sacs de couteaux, de cuillers, de fourchettes, de bassins, de cafetières et d'autres ustensiles de cuisine, de haches, de marteaux, etc., etc.; ils se firent des ornements de faïence avec des morceaux de tasses, d'assiettes et de plats, qui portaient quelque inscription ou figure, pour se les pendre aux oreilles et au cou. Que de détails nos Indiens auront à donner concernant *la Grande Route de Médecine des blancs*, lorsque, de retour dans leurs villages, ils seront assis au milieu d'un cercle de parents et d'amis!

Mais ces reliques ramassées par nos Indiens n'étaient pas les seuls vestiges de la grande multitude d'émigrants qui, pour aller à la recherche de l'or, s'étaient hasardés à travers cette vaste plaine avec un rare courage, des fatigues et des difficultés inouïes. Les ossements blanchis des animaux domestiques disséminés à profusion le long de la route, les monticules funèbres érigés à la hâte sur les tombeaux d'un parent ou d'un ami mort dans ce long voyage, et le tribut payé à sa mémoire consistant en une grossière inscription taillée sur un morceau de planche étroite ou sur une pierre, d'autres monticules sans aucune marque d'affection et de souvenir, fournissaient des preuves abondantes et tristes que la mort, qui n'épargne personne, avait considérablement éclairci leurs rangs. Par suite de ces désastres, des milliers d'émigrants se sont trouvés arrêtés soudain, et ont vu s'évanouir l'attente flatteuse de richesses et de plaisirs.

Les nombreux fragments de voitures, de waggons et de charrettes, les tas de provisions abandonnées, les outils de toute espèce, et d'autres objets dont les émigrants s'étaient pourvus à un prix élevé pour traverser le grand désert, mais que les plus impatients, désireux de devancer les autres à l'Eldorado de l'ouest, avaient abandonnés et jetés, témoignent aussi de cette insouciance hardie avec laquelle ils se hasardent dans cette entreprise, si fatale à un grand nombre. Arrivés dans les terres arides de la Californie Supérieure, en 1848, la famine les avait réduits d'abord à manger leurs bêtes de somme. Bientôt ils eurent recours aux cadavres; puis les mourants ne furent point épargnés, et enfin ils s'entre-dévorèrent... Le tableau qu'en trace Thornton dans son journal est le plus affreux qu'on puisse lire... Toute cette scène déroulée à nos yeux, avec les douloureux souvenirs qu'elle nous rappelait, offrait une preuve triste et salutaire de l'incertitude qui accompagne les plus hautes perspectives de la vie de l'homme et des déceptions qui lui font connaître sa faiblesse.

Nous suivîmes la grande route au sud de la rivière Platte, au pied des grandes Côtes-Noires. Sur ce chemin nous nous trouvâmes à l'abri de ces obstacles qui avaient mis si souvent nos voitures et nos animaux en danger. Après huit jours de voyage sans le moindre accident, le long de la Platte, nous arrivâmes au fort Laramée. Le commandant nous apprit que le grand conseil devait avoir lieu à l'embouchure de la rivière aux Chevaux, vaste plaine située à trente-sept milles plus bas et arrosée par la Platte. Le lendemain, j'acceptai l'invitation que le respectable colonel Campbell me fit, en prenant place dans sa voiture, et nous arrivâmes dans la plaine du conseil, au coucher du soleil. Le surintendant colonel M. Mitchell me reçut avec la plus vive cordialité et la plus amicale bienveillance; il insista pour que je fusse son hôte pendant tout le temps du conseil. Toutes les autres personnes furent également pleines d'égards pour moi.

Dans l'immense plaine déjà nommée, se trouvaient environ mille loges (dix mille sauvages) appartenant à différentes tribus, savoir : les Sioux, les Sheyennes et les Rapahos; avec plusieurs députations des Corbeaux, des Serpents ou Soshouies, des Arrikaras, Assiniboins et Minataries. Dans ma prochaine lettre, je me propose de vous entretenir de l'objet de ce conseil et de mes rapports avec les Indiens.

Agréez, etc.

P.-J. De Smet, S. J.

P. S. Liste d'animaux tués par nos chasseurs depuis le 1er août jusqu'au 9 septembre 1851.

4 chevreuils, 11 gazelles, 37 vaches (buffles), 22 taureaux (buffles), 3 ours, 2 cerfs, 7 grosses cornes ou moutons de montagne, 2 blaireaux, 2 mephitis americana (bêtes puantes), 1 porc-épic, 1 loup, 17 lièvres et lapins, 13 canards, 18 coqs de bruyère et 16 faisans.

CINQUIÈME LETTRE.

M....

Pendant les dix-huit jours que le grand Conseil a duré, l'union, l'harmonie, l'amitié, qui régnaient parmi les dix mille Indiens rassemblés, étaient vraiment admirables et dignes de toute louange. Leurs haines implacables, leurs inimitiés héréditaires, leurs guerres cruelles et sanglantes, tout le passé parut oublié. Ils se visitèrent, ils fumèrent ensemble le calumet de paix, ils firent des échanges de présents, des festins nombreux, et toutes les loges étaient ouvertes à tous les étrangers. Ce qui ne se pratique guère que dans les circonstances les plus solennelles, les plus amicales et les plus fraternelles, il y eut aussi un grand nombre d'adoptions d'enfants et de frères de part et d'autre. Entre les agents du gouvernement, le surintendant du territoire indien le colonel D. D. Mitchell, et le major Fitz-Patrick, l'accord était parfait; rien ne fut omis pour nourrir et fortifier ces germes de paix et ces bons sentiments. L'objet de la réunion était une preuve marquée de la plus grande bienveillance du côté du gouvernement américain, ainsi que du désir sincère d'établir une paix durable parmi les tribus hostiles et de leur accorder une indemnité pour droit de passage sur leurs terres par les blancs, et pour les torts et ravages que ceux-ci leur avaient pu faire essuyer.

A l'ouverture du grand Conseil, le surintendant fit entendre aux sauvages que l'objet de la réunion était l'acceptation par eux du traité, tel qu'il avait été préparé d'avance avec l'agrément du Président des États-Unis. Le traité fut lu, sentence par sentence, et expliqué distinctement aux différents interprètes pour leur donner le sens exact et propre de chaque article. Le préambule explique que c'est un traité entre les agents nommés par le président d'une part, et, de l'autre, par les principaux ou braves soldats des nations indiennes qui résident au sud du Missouri, à l'est des Montagnes-Rocheuses, et au nord de la ligne limitrophe du Texas et du Mexique, savoir : les Sioux, ou Dacotahs, les Sheyennes, les Arapahos, les Corbeaux, les Assiniboins, les Minataries, les Mandans et les Arrikaras. Voici en abrégé les principaux articles de ce traité.

Art. 1er. Le droit reconnu et accordé aux États-Unis, de la part des Indiens, d'établir sur leur territoire des routes et des postes militaires. — Art. 2. Les obligations solennelles établies pour le maintien de la paix, et de réparer les dommages et les pertes éprouvés par les blancs, du fait des Indiens. — Art. 3. Indemnité accordée aux Indiens, pour la destruction causée dans leurs chasses, leurs bois, leurs gazons, etc., par les voyageurs des États qui traversent leur pays. Les cinquante mille piastres en présent leur sont accordées à ce titre. — Art. 4. Pendant quinze ans, on leur payera chaque année cinquante mille piastres en objets et dons qui pourront leur être les plus nécessaires ou utiles...

Le traité fut signé par les agents des États et par tous les principaux chefs des différentes nations.

Un autre traité, en faveur des métis et des blancs qui résident dans le pays, fut proposé, à savoir : « Qu'une étendue de pays soit assignée à leur usage pour la formation d'établissements agricoles et de colonies, et qu'ils obtiennent l'aide du gouvernement dans l'exécution de ce projet. » Ce serait l'unique moyen de réunir et de conserver réunies toutes ces familles éparses, qui deviennent chaque année de plus en plus nombreuses, et de les établir dans une ou deux colonies, avec des églises et des écoles pour leur instruction et leur bien-être général.

A peu d'exceptions près, tous les métis ont été baptisés et reçus comme enfants de l'Église. Depuis vingt ans, ils désirent et demandent avec instance des prêtres catholiques, manifestant leur bonne volonté de faire tout ce qui est en leur pouvoir pour subvenir aux besoins et au maintien de leurs missionnaires. Si les supérieurs ecclésiastiques n'y pourvoient à temps, il est à craindre que les soins de ces nouvelles colonies ne passent sous la direction d'hommes qui feront tout leur possible pour éteindre dans les cœurs de ces braves et simples métis les germes de foi et les bons désirs qu'ils ont toujours manifestés en faveur de notre sainte religion. Auront-ils enfin des prêtres? C'est une question de la plus haute importance pour eux, et dont dépend le salut de plusieurs milliers d'âmes. Cette question va se décider bientôt; elle s'agite déjà, et à moins que des missionnaires catholiques n'y soient envoyés, nous le répétons encore, il est à craindre que des gens hostiles ne prennent possession du terrain.

Le deuxième dimanche de septembre, fête de l'Exaltation de la Sainte-Croix, trois jours après mon arrivée dans la plaine du grand Conseil, quelques loges de peaux furent arrangées et ornées en sanctuaire. Sous cette tente improvisée, j'eus le bonheur d'offrir le très-saint sacrifice de la messe, en présence de tous les messieurs du Conseil, de tous les blancs, des métis et d'un grand nombre d'Indiens. Après l'instruction, vingt-huit enfants métis et cinq adultes furent régénérés dans les saintes eaux du baptême, avec toutes les cérémonies de l'Église.

Les Canadiens, les Français et les métis qui habitent le territoire indien témoignent à tous les prêtres qui les visitent une grande bonté, beaucoup d'attention et de respect. Il est vraiment affligeant de les rencontrer dans le désert comme autant de brebis égarées. J'ai la ferme conviction que deux bons missionnaires auraient parmi eux le plus grand succès. Bientôt de belles chrétientés s'élèveraient dans ce désert; elles fourniraient des catéchistes; ceux-ci travailleraient de concert avec les prêtres à la conversion de tant de malheureuses tribus, qui errent encore aujourd'hui à l'abandon dans leurs vastes déserts, sans espoir et sans consolation.

Pendant les quinze jours que j'ai passés dans la plaine du grand Conseil, je fis des visites fréquentes aux différentes tribus et bandes de sauvages, accompagné de l'un ou l'autre de leurs interprètes. Ceux-ci m'aidèrent avec une extrême obligeance à leur annoncer la sainte loi du Seigneur. Les Indiens assistèrent aux instructions avec empressement et intérêt. Chaque fois que je parlais des vices que je savais exister parmi eux, ils avouaient leurs fautes avec une simplicité et une franchise admirables et exemptes de tout respect humain. Dans une instruction sur les dix commandements de Dieu, que je faisais au camp des Ogallallas, tribu siouse, comme je leur donnais l'explication du sixième et du septième commandement : « *Luxurieux point ne seras*, etc.; *Faux témoignage ne diras*, etc., » un chuchotement universel et un rire embarrassé dans un grand nombre d'individus se manifestèrent parmi l'auditoire indien. Je m'informai du motif de ce qui se passait, en observant « que la parole que je leur annonçais était la loi de Dieu, imposée à tous ses enfants sur la terre, et non pas la mienne; que la parole de Dieu demandait toute leur attention et tout leur respect; que ceux qui observent ses commandements auront la vie éternelle, tandis que les prévaricateurs de la loi sainte auront l'enfer et ses tourments pour partage. » Le grand chef se leva aussitôt et me répondit : « Père, nous écoutons; nous avons ignoré les paroles du Grand-Esprit et nous avouons tous notre ignorance. Nous sommes tous grands menteurs; nous avons volé; nous avons tué; nous avons fait tout ce que les paroles du Grand-Esprit nous défendent de faire; mais nous ignorions ces belles paroles, et si vous restiez parmi nous, pour nous les apprendre, nous tâcherions de mieux vivre à l'avenir. »

Ils me prièrent de leur donner l'explication du baptême, auquel plusieurs d'entre eux avaient assisté lorsque je baptisais les enfants métis. Je me rendis à leur demande et leur fis une longue instruction sur les bienfaits et les obligations de ce sacrement. Tous me prièrent d'accorder cette même faveur à leurs enfants. Le lendemain la cérémonie eut lieu; deux cent trente-neuf enfants ogallallas (les premiers de leur tribu) furent régénérés dans les saintes eaux du baptême, à la grande joie et à la satisfaction de toute la nation. J'eus chaque jour des conférences sur la religion avec les sauvages, tantôt dans l'une, tantôt dans l'autre bande; toujours ils m'écoutaient avec la plus grande attention et le plus profond respect, exprimant tous le même désir d'avoir des prêtres missionnaires au milieu d'eux. Parmi les Rapahos, j'ai baptisé trois cent cinq petits enfants; parmi les Sheyennes, le nombre d'enfants baptisés montait à deux cent cinquante-trois, et parmi les Brûlés et les Osages Sioux, à deux cent quatre-vingts; dans le camp de l'Ours Barbouillé, il y en eut cinquante-six. Le nombre de métis que j'ai baptisés dans la plaine du grand

Conseil et sur la Platte est de soixante et un. Dans les différents forts du Missouri j'ai baptisé, pendant les mois de juin et de juillet derniers, trois cent quatre-vingt-douze enfants. Le nombre total de ceux qui reçurent le baptême est de quinze cent quatre-vingt-six. Un grand nombre est mort un peu plus tard par suite de différentes maladies qui ont ravagé les camps indiens.

J'ai été témoin pour la première fois d'une singulière cérémonie, à laquelle les Sheyennes semblent attacher autant d'importance que les tribus asiatiques en attachent à la circoncision; c'est « la coupe d'oreille des enfants. » Cette coutume paraît être générale parmi toutes les tribus du Missouri-Supérieur et probablement dans d'autres endroits; peut-être y a-t-il quelque variété dans la forme de la cérémonie. Parmi les Sheyennes, la mère choisit l'opérateur et lui remet le couteau entre les mains. Elle étend l'enfant sur une peau préparée et soigneusement peinturée, que les Canadiens appellent « par-flèche. » Tandis qu'un des parents ou des amis tient le petit enfant dans une position tranquille, l'opérateur fait cinq incisions dans le bord de chaque oreille; ces incisions sont destinées à recevoir plus tard et à porter des ornements. La mère offre ensuite un cheval à l'opérateur et un autre cadeau à chacun des assistants.

Dans le même local grossièrement fait pour cette occasion et composé de six loges, qui consistaient en une vingtaine de peaux de femelles de buffles, nous fûmes témoins d'une autre cérémonie. Les Soshonies ou Serpents avaient à peine quitté les Monts-Rocheux pour se rendre au grand conseil, quand ils furent suivis et attaqués par un parti de guerre de Sheyennes qui tuèrent et enlevèrent les chevelures à deux de leurs hommes. Il s'agissait pour les Sheyennes « de payer ou de couvrir les corps, » satisfaction requise par les Indiens, avant d'accepter le calumet de paix et avant de fumer ensemble. Les principaux chefs et braves de la nation sheyenne et quarante guerriers soshonies s'étaient rassemblés à cette occasion. D'abord plusieurs discours furent prononcés de part et d'autre, comme des préliminaires de paix... On servit ensuite un festin auquel tous prirent part; il consistait simplement en maïs écrasé et bien bouilli. Les chiens furent ici épargnés, car les Soshonies semblent faire exception à la règle générale parmi les sauvages, c'est-à-dire qu'ils ne mangent jamais de la chair de chien. Après le festin, les Sheyennes apportèrent des présents convenables, consistant en tabac, couvertures, couteaux, pièces de drap rouge et bleu, et les placèrent au milieu du cercle. Les deux chevelures furent exposées et présentées aux frères des deux malheureuses victimes, qui se trouvaient assis à la tête du cercle entre les deux chefs de la nation. Il fut assuré que les cérémonies de la grande danse de la chevelure n'avaient point eu lieu. Cette cérémonie, qui est une condition essentielle ou *sine quâ non*, consiste en danses et en chansons. Dans ces chansons on fait mention honorable de tous les exploits des guerriers. La cérémonie se renouvelle chaque jour et se prolonge souvent durant plusieurs semaines. Les femmes, vieilles et jeunes, ainsi que les enfants, ont le droit d'y assister. Ce sont les femmes qui s'y distinguent le plus par leur tapage et leurs mouvements.

Le frère des Indiens tués avait l'air sombre et triste. En acceptant les chevelures, il montra une profonde émotion. Toutefois il embrassa les meurtriers; il reçut leurs présents et les distribua, en grande partie, à ses compagnons. Les marques d'amitié et de paix se donnèrent ensuite; elles consistaient principalement en présents et en adoptions réciproques des enfants. Les orateurs employaient toute leur éloquence pour fortifier le bon accord qui semblait régner dans l'assemblée, et pour rendre la paix durable entre les deux tribus. La nuit suivante, les Sheyennes se rendirent aux loges des Soshonies, qui se trouvaient campés à côté de ma petite tente; leurs chants et leurs danses se prolongèrent jusqu'au point du jour et m'empêchèrent de fermer l'œil. Ce sont parmi les sauvages des jeux très-innocents; jamais même je n'ai remarqué le moindre signe qui pût alarmer la pudeur. Pendant mon insomnie, je me sentis enflammé de zèle en pensant au bien que les missionnaires pourraient faire dans ces parages où les dispositions sont si bonnes. Si les prêtres d'Europe le savaient! Ils accourraient ici pour réjouir notre mère la Sainte Église en lui donnant des milliers d'enfants nouveaux.

J'eus souvent occasion, et surtout dans cette assemblée, de remarquer l'habileté et la facilité avec lesquelles les sauvages se communiquent leurs idées par des gestes et par des actions vraiment expressives. Le langage des gestes est universellement en vogue parmi les tribus du Haut-Missouri, et paraît être aussi parfait et aussi bien compris parmi eux que l'est celui des sourds et muets parmi nous. Au moyen de ces gestes un Indien peut raconter les principaux événements de sa vie; il est parfaitement compris. Ce langage muet peut être appelé « un langage de précaution et de défense; » car, lorsqu'ils se rencontrent dans le désert pendant leurs excursions, ils se font des signes, à une grande distance, avant de s'approcher; ils savent immédiatement à qui ils ont affaire et de quoi il s'agit. D'autres moyens de communiquer leur pensée sont encore plus remarquables : les figures grossières qu'on voit sur les peaux de buffles sont des hiéroglyphes aussi facilement compris par un Indien intelligent que les paroles écrites le sont par nous, et contiennent très-souvent une histoire de quelque grand événement. Ce n'est pas que les paroles manquent dans leurs langues, qui sont suffisamment expressives.

J'ai assisté au grand conseil depuis le commencement jusqu'à la fin. Comme je l'ai déjà dit, dix mille Indiens, appartenant à différentes tribus et dont plusieurs avaient toujours été en guerre, se trouvaient réunis sur la même plaine. Pendant les vingt-trois jours de la réunion, il n'y eut rien de répréhensible sous le rapport du bon ordre; au contraire, tout y fut paisible et tranquille; c'est dire beaucoup en faveur des sauvages. Il semblait qu'ils ne composassent tous qu'une seule et même nation. Polis et bienveillants les uns envers les autres, ils passaient leurs heures de loisir en visites, en festins et en danses; parlaient de leurs guerres et de leurs divisions, jadis interminables, comme d'affaires passées qu'il fallait absolument oublier ou « enterrer, » selon leur expression. Il n'y eut pas la moindre remarque qui pût déplaire dans toutes ces conversations; jamais le calumet ne passa si paisiblement entre tant de mains différentes. Pour faire connaitre toute l'importance de cet acte, il faut que je fasse observer que fumer le calumet ensemble équivaut à un pacte confirmé par serment, auquel personne ne pourrait contrevenir sans se déshonorer aux yeux de toute la tribu. Ce fut un spectacle vraiment touchant que de voir le calumet, l'emblème de la paix indienne, élevé vers le ciel par la main d'un sauvage qui le présentait au Maître de la vie, implorait sa pitié pour tous ses enfants sur la terre et le priait de daigner fortifier en eux les bons propos qu'ils avaient conçus.

Malgré la grande rareté de provisions qui se faisait sentir dans le camp avant l'arrivée des chariots, les festins furent nombreux et bien fréquentés. Peut-être aucune époque des annales indiennes ne présente-t-elle un plus grand massacre de la race canine. La chair du chien parmi les sauvages est de tous les mets le plus honorable et le plus distingué, surtout en l'absence de viande de buffle ou d'autres animaux; ce fut aussi dans cette circonstance comme une dernière ressource. On comprend donc ce carnage. Je fus invité à plusieurs de ces festins; un grand chef en particulier voulut me donner une marque spéciale de sa bienveillance et de son respect à mon égard. Il avait fait remplir sa grande chaudière de petits chiens gras, peau et tout. Il me présenta, dans un plat de bois, le plus gras, bien bouilli. J'ai trouvé la chair du petit chien vraiment délicate, et je crois pouvoir affirmer qu'elle est préférable à celle du petit cochon, dont elle a à peu près le goût.

Les sauvages me régalèrent plusieurs fois d'un plat très-estimé parmi eux; il consiste en prunes séchées au soleil, et préparées ensuite avec des restes de viande en forme de ragoût. J'avoue que je le trouvai assez bon. Mais voici ce qu'on m'apprit plus tard sur la façon dont on le prépare. Lorsqu'une femme sauvage veut conserver les prunes, qui sont très-abondantes dans le pays, elle en ramasse une grande quantité et invite toutes ses voisines à venir passer chez elle une après-midi agréable. Toute leur occupation alors consiste à jaser et à *sucer* les noyaux des prunes. Elles conservent seulement les enveloppes des fruits qu'elles sèchent et réservent avec soin pour quelque grande occasion.

Les chariots qui contenaient les présents du

gouvernement destinés aux Indiens arrivèrent le 20 de septembre. L'heureuse arrivée de ce convoi fut pour tous un sujet de joie. Un grand nombre étaient dans un dénûment complet; on se trouvait dans une disette qui approchait de la famine. Le jour suivant, les chariots furent déchargés et les présents convenablement disposés. Le drapeau des États-Unis fut déployé sur un haut mât en face de la tente du surintendant; un coup de canon annonça à tous les sauvages que le partage des présents allait avoir lieu. Aussitôt on vit accourir des différents camps hommes, femmes et enfants, pêle-mêle, en grand costume, barbouillés de couleurs et décorés de tous les colifichets qu'ils possédaient. Ils prirent leurs places respectives, marquées pour chaque bande, formant un cercle immense, qui renfermait plusieurs arpents de terre, autour des marchandises. La vue d'une pareille réunion eût été un sujet bien intéressant pour le pinceau d'un Hogarth ou d'un Cruikshank.

Les grands chefs des différentes nations furent servis les premiers, et on commença d'abord par les habiller. Vous vous imaginez facilement les allures singulières qu'ils prirent en se présentant devant le public, et l'admiration qu'ils excitèrent parmi leurs compagnons sauvages, qui semblaient ne pouvoir se lasser de les contempler. Les grands chefs furent donc pour la première fois de leur vie *culottés;* on leur mit un costume de général, avec un beau sabre doré, pendillant au côté; leurs cheveux longs couvraient leur uniforme, et le tout était rehaussé par la solennité burlesque de leurs figures barbouillées.

M. le surintendant Mitchell en fit ses agents dans la distribution des présents aux bandes. Ils firent tous les arrangements avec la plus grande bienveillance et justice; toute la conduite de cette vaste multitude était respectueuse et tranquille. Pas le moindre indice d'impatience ou de jalousie ne fut observé pendant la distribution; chacun parut indifférent jusqu'à ce qu'il reçût sa part. Alors contents, satisfaits mais toutefois paisibles, ils s'éloignèrent de la plaine avec leurs loges et leurs familles... Ils avaient reçu la bonne nouvelle que les buffles étaient nombreux sur la Fourche du Sud de la Platte, à trois jours de marche, et ils se dirigèrent en toute hâte vers l'endroit, déterminés à demander entière satisfaction aux buffles pour la faim qu'ils avaient endurée sur la plaine du grand Conseil. Toutefois cette assemblée fera époque parmi eux, et sera toujours, je l'espère, chère à leur souvenir. Elle se termina le 23 septembre.

Je suis bien convaincu que l'heureux résultat

de ce conseil doit être attribué, en grande partie, aux mesures prudentes adoptées par les commissaires, et plus particulièrement encore à leurs manières conciliantes dans tous leurs rapports et dans toutes leurs transactions avec les sauvages. Le conseil produira sans doute le résultat que le gouvernement est en droit d'en attendre; ce sera le commencement d'une nouvelle ère pour les sauvages, d'une ère de paix. A l'avenir, les citoyens paisibles traverseront le désert tranquillement et sans être vexés; à l'avenir les Indiens auront peu à craindre de la part des mauvais blancs : justice leur sera faite.

Agréez, etc.

P.-J. De Smet, S. J.

SIXIÈME LETTRE.

M....

Le 23 septembre, assez tard dans l'après-midi, je fis mes adieux aux créoles, aux Canadiens et aux métis. Je les exhortai à bien régler leur conduite, à bien prier et à espérer que le Seigneur leur enverrait bientôt des secours spirituels, pour leur bonheur temporel et éternel et pour celui de leurs enfants. Je donnai la main, pour la dernière fois, à tous les grands chefs, et à un grand nombre de sauvages, alors présents, et leur adressai quelques paroles encourageantes pour leur bonne conduite future, promettant de plaider leur cause devant « les grands chefs des Robes noires, » à qui je ferais connaître leurs désirs, leurs bonnes intentions et les sentiments qu'ils m'avaient exprimés; tandis qu'eux de leur côté imploreraient, chaque jour, « le Maître de la vie, » dans toute la sincérité de leur cœur, de leur envoyer des prêtres zélés, qui leur apprendraient à bien connaître le chemin du salut, que Jésus-Christ, son fils unique, est venu tracer à tous ses enfants sur la terre.

Je me dirigeai alors vers l'endroit appelé « les Fontaines, » à une distance de quatorze milles, dans les environs de la maison de traite à Robidoux, que le colonel Mitchell avait nommée le « Rendez-vous, » pour tous ceux qui se proposaient de se rendre immédiatement aux États...

Le 24, avant le lever du soleil, nous partîmes en bonne et grande compagnie. Je visitai en passant deux maisons de traite, pour y baptiser cinq enfants métis. Dans le courant de la journée, nous passâmes le fameux rocher appelé la Cheminée, tant de fois décrit par les voyageurs. Je l'avais déjà vu en 1840 et 1841, dans mes deux premiers voyages aux Montagnes-Rocheuses, et j'en ai parlé dans mes lettres. Je trouve que la Cheminée a beaucoup diminué depuis en hauteur.

Nous jetâmes un dernier coup d'œil sur les singulières productions de la nature, le Vieux-Château et la Tour, qui se trouvent dans le voisinage de la Cheminée, et qui ressemblent aux ruines d'anciennes maisons seigneuriales, couvrant plusieurs arpents de terre, et présentant une surface très-élevée et entrecoupée au milieu d'une plaine unie.

Arrivés sur la Platte, à l'endroit appelé « le Ravin des Frênes, « *Ash Hollow*, » nous nous dirigeâmes vers la Fourche du Sud, à la distance de quinze milles, à travers une belle route ondoyante, sur un terrain très-élevé. Ici nous rencontrâmes le prince P......, accompagné seulement d'un officier prussien. Ils se proposaient d'aller faire une visite et une chasse dans les montagnes de la rivière au Vent. Nous échangeâmes nos petites nouvelles, et nous reçûmes avec plaisir les informations intéressantes que le prince nous donna. Il faut que Son Excellence ait vraiment du courage, surtout à son âge, pour faire une si longue route, dans un pareil désert, avec un seul homme pour toute suite, et dans un misérable petit char ouvert, qui portait le prince, l'officier, tout leur bagage et toutes leurs provisions. On m'a dit plus tard que le dessein du prince était d'aller choisir un endroit convenable, situé le long des montagnes au Vent, propre à l'agriculture, pour une grande colonie allemande. Nous vivons dans un siècle où les merveilles se multiplient; l'on ne pourrait dire ce qui peut avoir lieu à un temps rapproché en fait de colonisation, quand on a été témoin du succès des Mormons qui, en moins de cinq années, ont changé la face d'un affreux désert et y vivent dans une grande abondance. Cependant j'ose avancer que si réellement, ce que j'ai peine à croire, le prince a formé le projet qu'on lui suppose, je plains de tout mon cœur ceux qui s'embarqueront les premiers pour cette expédition. Les ennemis qu'ils auront à combattre sont encore trop puissants : les Corbeaux, les Pieds-Noirs, les Sioux, les Sheyennes, les Arapahos et les Serpents sont les tribus les plus redoutables et les plus guerrières du désert. Une colonie qui s'établirait dans un tel voisinage et contre le gré de ces tribus, trouverait les plus grands obstacles à vaincre et les plus grands dangers à courir. L'influence de la religion seule pourrait préparer ces parages à une telle transformation. Les promesses et les menaces des colonisateurs, les fusils et les sabres ne feront jamais ce que peut faire la parole de paix d'une Robe noire, la vue du signe civilisateur de la croix.

De la traverse de la Fourche du Sud jusqu'à la jonction des Grandes Fourches, on compte la distance de soixante et quinze milles, et de là au fort Kearny cent cinq milles. Le bois est très-rare sur les bancs de la rivière Platte ou Nébraska. Depuis la jonction des deux fourches jusqu'à son embouchure, la vallée a de six à huit milles de largeur, tandis que le lit de la rivière même est large d'environ deux milles. Au printemps, à la fonte des neiges, lorsque cette rivière se remplit, elle présente une surface d'eau magnifique avec un grand nombre d'îles et d'îlots, couverts de verdure, bordés de cotonniers et de saules. Pendant l'automne, au contraire, elle est très-peu intéressante et perd toute sa beauté. Ses eaux s'écoulent alors par un grand nombre de passages ou de canaux presque inaperçus, entre les bancs de sable qui couvrent le lit de la rivière dans toute sa largeur et dans toute son étendue.

Lorsque le bois manque, ce qui arrive assez souvent sur le Nébraska, on se sert de la fiente de buffle pour préparer les repas, et, lorsqu'elle est sèche, elle brûle comme la tourbe.

Le sol de cette vallée est généralement riche et profond, mêlé toutefois de sable dans plusieurs endroits; on y trouve une grande variété de gazons, qui, avec les plantes couvertes de magnifiques fleurs, présentent un vaste champ à l'amateur de la botanique. A mesure qu'on s'éloigne de la vallée, on remarque un changement très-sensible dans les produits du sol : au lieu d'une végétation robuste et vigoureuse, vous trouvez les plaines couvertes d'un gazon court et frisé, très-nourrissant cependant et recherché par les bandes innombrables de buffles et autres animaux qui y paissent.

Le 3 d'octobre, nous arrivâmes au fort Kearny, où le surintendant Mitchell eut une conférence avec une députation de chefs et de guerriers de la tribu des Pawnies au nombre de vingt. Ils exprimèrent leur regret de ce que, n'ayant pas assisté au grand conseil, ils se trouvaient en conséquence exclus des avantages que le traité allait procurer aux autres tribus, et n'avaient eu aucune part dans les présents envoyés par le gouvernement. Ils firent toutefois des promesses solennelles d'adhérer à l'esprit du traité et d'exécuter les ordres de leur « grand Père le Président, » qui désire qu'ils vivent en paix avec leurs voisins, et ordonne la cessation de toute déprédation exercée contre les voyageurs des États-Unis qui traversent leur territoire. Ces chefs et guerriers reçurent poliment et à la façon des sauvages les différentes députations qui nous accompagnaient pour se rendre à Washington, c'est-à-dire, les Sioux, les Sheyennes et les Rapahos, jusqu'alors leurs ennemis mortels, et les régalèrent de festins, de danses et de chansons. « Mon cœur bondit de joie et rit, » s'écria le chef des Pawnies Loups, « puisque je me trouve en présence de ceux que depuis mon enfance on m'a appris à regarder comme mes ennemis mortels. Sheyennes, c'est moi et mes guerriers qui avons fait tant d'incursions sur vos terres, pour voler des chevaux et pour enlever des chevelures. Oui, mon cœur bondit de joie, car il n'a jamais rêvé de vous voir face à face, et de vous toucher la main en ami. Vous me voyez pauvre, je n'ai pas même un cheval à monter. Eh bien! je marcherai joyeusement à pied le reste de ma vie, si le casse-tête peut être enseveli de part et d'autre. » Il offrit le calumet à tous les députés et plusieurs l'acceptèrent. Un jeune chef sheyenne, appelé « celui qui monte le nuage, » refusa de le toucher et répondit au Pawnie : « Ce n'est ni toi, ni ton peuple, qui m'avez invité sur vos terres. Mon père, ajouta-t-il, en montrant du doigt le surintendant, m'a prié de le suivre, et je le suis; je n'accepte point ton calumet de paix, de crainte de te tromper. Peut-être, au moment que je te parle, nos braves guerriers sont à la recherche des loges de ta nation. Non, je ne veux pas te tromper, et sache que la paix n'existe pas encore entre nous. Je parle ici sans crainte et clairement, je me trouve sous le drapeau de mon père. »

Les allusions du Sheyenne ne paraissaient aucunement diminuer la bonne harmonie qui semblait exister; les danses, les chants, les discours et les festins se prolongèrent bien avant dans la nuit. Voici les noms des députés sauvages. Les députés *sheyennes* sont : la Gazelle blanche, ou *Voki vokammast;* la Peau rouge, ou *Obalawska;* l'Homme qui monte les nuages, ou *Voive atoish.* Les députés *rapahos* sont : la Tête d'aigle, ou *Nehunutah;* la Tempête, ou *Nocobotha;* Vendredi, ou *Vash.* De la nation des *Sioux;* l'Unicorne, ou *Haboutzelze;* le Petit Chef, ou *Kaive ou nève;* l'Homme à écailles, ou *Pouaskawit cah cah;* la Biche sur ses gardes, ou *Chakahakeechtak;* l'Oie, ou *Mavgah :* ce dernier appartient à la bande des Sioux Pieds-Noirs. Les deux Ottos avec leurs femmes, qui nous rejoignirent plus tard, sont : le Cerf-Noir, ou *Wah-rush-a-menee*, avec sa femme la Plume à l'aigle, ou *Mookapec;* l'Ours noir, ou *Wah-sho-chegorah,* avec sa femme l'Oiseau qui chante, ou *Hou ohpec.*

Au fort Kearny, nous nous séparâmes du colonel Mitchell et de sa suite, qui prirent le chemin de la rivière à la Table. Je me joignis au major Fitzpatrick et aux députés, et nous suivîmes la route du sud, qui traverse le territoire indien.

L'étendue de pays qui se trouve entre les frontières du Missouri et la grande rivière Bleue, pendant l'espace d'environ deux cents milles, présente une grande uniformité dans tous ses principaux traits caractéristiques. Cette contrée offre, en général, de belles prairies ondoyantes, un sol très-argileux, riche en dépôts de matières végétales. Elle est arrosée par des rivières et des ruisseaux innombrables, tributaires des rivières Kanzas, Nébraska, Arkansas, Missouri et Osage. Toutes ces rivières, sauf quelques rares exceptions, sont bien boisées; on y voit des forêts de chênes et de noyers de différentes espèces, d'érables, de cotonniers, et une variété d'arbres qu'on retrouve dans les forêts à l'est. Les côtes et les coteaux, dans plusieurs endroits, abondent en belles fontaines environnées de superbes bosquets arrangés avec autant d'ordre et de goût que s'ils eussent été plantés par la main de l'homme, tandis qu'une verdure et un gazon luxuriant émaillé de fleurs odoriférantes prennent la place des broussailles.

Les prairies, de tous côtés environnées de forêts qui couvrent les courants d'eau, présentent à la vue un océan de verdure parsemée de fleurs, qu'on voit s'agiter par les vents et qui parfument l'air d'odeurs variées. Les courants d'eau sont clairs; ils coulent sur des lits rocailleux entre des rives élevées et abondent en poissons. La vallée du Kanzas est large, d'un sol brun, végétal et profond; on peut en dire autant des vallées des autres rivières dans ce territoire, qui sont toutes propres à l'agriculture. Toute la contrée présente le double avantage d'être propre aux travaux agricoles et de contenir en abondance des pâturages, où des millions d'animaux pourraient être élevés à peu de frais.

Le major Fitzpatrick avait préféré la route du sud, pour donner à nos amis les députés sauvages une occasion d'être par eux-mêmes témoins du progrès que peuvent faire les nations dans l'agriculture et dans les arts mécaniques. Il voulait ainsi leur montrer ces travaux et ces fruits qui conduisent graduellement au bonheur et à l'aisance, et leur faire sentir d'une manière pratique qu'en adoptant des habitudes d'industrie, l'homme n'a pas besoin de rôder et de voyager dans tous les endroits, souvent avec incertitude et dans la plus grande pénurie de vivres; mais qu'il peut facilement se créer une abondance autour de soi, par une industrie persévérante et bien réglée.

Nous arrivâmes à Sainte-Marie, parmi les Potowatomies, le 11 d'octobre. Monseigneur Miége, et tous les autres Pères de la mission nous y reçurent avec une grande cordialité et une bienveillance extrême.

Une quantité de végétaux et de fruits, tels que patates, carottes, navets, citrouilles, panais, melons, pommes et pêches, furent placés devant les Indiens; ils y firent grandement honneur. La chose avait été concertée pour leur donner le goût du travail par le goût des légumes. Aussi, un des principaux députés, la Tête d'aigle, me dit : « Aujourd'hui, Père, nous comprenons tes paroles. Tu nous as dit dans le camp que les buffles disparaîtraient, au bout de quelques années, de notre territoire; que nous avions à prendre les mesures à temps contre la disette; qu'alors du sein de la terre nous pourrions arracher la subsistance et l'abondance pour tous nos enfants. Lorsque tu nous parlais, nos oreilles étaient encore fermées; aujourd'hui elles sont ouvertes, car nous avons mangé les produits de la terre... Nous voyons ici un peuple heureux, bien nourri et bien habillé. Nous espérons que le grand père (l'évêque) aura aussi pitié de nous et de nos enfants. Nous serons contents d'avoir des robes noires parmi nous, et nous écouterons volontiers leur parole. » Le jour suivant était un dimanche, et tous assistèrent à la grand'messe. L'église se trouva bien remplie ; le chœur, composé de métis et d'Indiens, chanta admirablement le *Gloria,* le *Credo,* et plusieurs cantiques. Le révérend père Gailland fit en langue potowatomie un sermon qui dura trois quarts d'heure. Le nombre des communiants était grand. Tout ceci, joint à l'attention, à la modestie et à la dévotion de tous les auditeurs, dont quelques-uns avaient des livres de prières, et d'autres des chapelets, fit une profonde et, je l'espère, une durable impression sur l'esprit de nos sauvages des plaines. Durant plusieurs jours ils ne cessèrent d'en parler et de m'interroger sur la doctrine qui doit les rendre heureux et les conduire au ciel. Nous trouvâmes la mission dans une condition très-florissante. Les deux écoles sont très-fréquentées ; les dames du Sacré-Cœur ont su gagner l'affection des filles et des femmes de la nation, et y travaillent avec le plus grand succès. Les Potowatomies rapprochent de plus en plus leurs demeures de l'église et de « leurs bons pères ; » ils ont commencé avec résolution à cultiver et à élever des animaux domestiques. Chaque dimanche, les Pères ont la douce consolation de contempler une belle assemblée d'Indiens réunis dans la cathédrale en bois, et d'y voir quatre-vingts à cent vingt personnes s'approcher pieusement de la sainte table. Nous passâmes à la mission deux jours en visites; les sauvages quittèrent l'établissement le cœur rempli de joie et de consolation et dans l'attente de trouver un jour un semblable bonheur dans leurs propres tribus. Ah! puisse cette attente se réaliser enfin!

Le temps était beau; en trois jours nous nous rendîmes à Westport et à Kanras, sur le Missouri.

Le 16 d'octobre, nous prîmes nos places à bord du bateau à vapeur *Clara*. Nos députés indiens n'avaient jamais vu un village ou établissement de blancs; sauf ce qu'ils avaient vu au fort Laramée et au fort Kearny, ils ne connaissaient rien de la construction des maisons. Ils furent par conséquent remplis d'admiration, et lorsqu'ils virent pour la première fois un bateau à vapeur, leur étonnement fut au comble, quoique mêlé d'une certaine crainte quand ils allèrent à bord. Un temps assez considérable se passa avant qu'ils pussent s'accoutumer au bruit et à la confusion que le sifflement et l'échappement de la vapeur, et les sons de la cloche, etc., occasionnaient. Ils appelèrent le bateau « le canot à feu » et se réjouirent à la vue d'un autre bateau qui montait la rivière avec un « papoos, » ou petit enfant, « l'esquif attaché derrière le gouvernail. » Depuis que leurs appréhensions de danger avaient disparu, leur curiosité augmentait; ils prenaient le plus grand intérêt à tout ce qu'ils voyaient pour la première fois. Ils avaient leur grand costume et restaient assis sur le tillac; à l'approche de chaque ville et de chaque village, ils les saluaient par des cris de joie et des chansons.

Le 22 d'octobre, nous arrivâmes au port de Saint-Louis.

Quelques jours après, tous les membres de la députation indienne furent invités à un festin dans notre université. Ils se réjouirent de la réception et surtout des paroles encourageantes du révérend père provincial, ainsi que de l'espoir qu'il leur donnait d'avoir des robes noires parmi eux, espoir qui se réaliserait peut-être avant peu de temps.

Je joins à cette lettre une vue en forme de table de la nation des Sioux, etc., sur le Haut-Missouri, et des localités qu'ils occupent aujourd'hui; elle est faite d'après les meilleurs renseignements que j'ai pu recueillir et que j'ai tirés principalement du journal de M. Thaddée Culbertson, publié à Washington.

Veuillez me croire avec le plus profond respect. Je recommande tous les pauvres sauvages à vos bonnes prières.

Agréez, etc.

P.-J. De Smet, S. J.

P. S. — On trouve fréquemment le mot *médecine* dans les lettres écrites sur les idées religieuses, les pratiques et les coutumes de tous les sauvages de l'Amérique du Nord. Il est nécessaire de faire connaître la signification que les sauvages eux-mêmes donnent à ce mot.

Le terme *Wah-Kon* est employé par les Indiens pour exprimer toute chose qu'ils ne peuvent comprendre, soit surnaturelle, soit naturelle, soit mécanique. Une montre, par exemple, une orgue, un bateau à vapeur, toute autre pièce de mécanisme, dont les mouvements ou la construction sont au-dessus de la portée de leur esprit, sont appelés *Wah-Kon*. Dieu est appelé *Wah-Kon-Tonga*, ou *le Grand Incompréhensible*. Le mot *tonga* en sioux signifie *grand* ou *large*.

La traduction exacte de ce mot est *incompréhensible, inexplicable.* Il a été mal traduit par les blancs qui le rendent toujours par *médecine;* ainsi, par exemple, le mot *Wah-Kon-Tanga*, ou *Dieu*, a été rendu par *la grande médecine.*

Depuis, le mot *médecine* a été si universellement appliqué aux différentes cérémonies religieuses et superstitieuses des Indiens, que tous les voyageurs s'en servent dans leurs écrits sur les indigènes de ce pays.

Cependant le mot *médecine,* appliqué aux cérémonies religieuses et superstitieuses des Indiens, n'a aucun rapport aux traitements des maladies du corps. Mais ce mot ayant été universellement adopté, je dois m'en servir dans mes relations sur les Indiens. C'est de là que dérivent les termes de *fête de médecine, chemin de médecine, loge de médecine, danse de médecine, homme de médecine,* etc.; comme aussi *sac de médecine,* ou sac qui contient les idoles, les charmes, les objets superstitieux.

Mon intention en donnant cette petite note est de faire la distinction entre le mot *médecine* employé dans le sens de *médicament,* et le même mot, appliqué aux charmes, aux invocations religieuses, aux cérémonies

NATIONS.	BANDES.	CONTRÉES.	LANGAGES.
SHEYENNES, 300 loges, 3,000 âmes.	La bande du Soldat-de-Chiens, du Loup-Jaune, du Métis, des Taureaux, des Vaches-Noires, des Chiens-Fous, des Jeunes-Chiens, des Renards, des Corbeaux.	A l'ouest des Côtes-Noires, originaires du Missouri, au 47e degré de latitude nord à l'ouest du Missouri.	Langage propre, langue de la Fourche-des-Prairies.
MANDANS, 30 loges, 150 âmes.	Les Faisans.	Village permanent sur le Missouri.	Langage propre.
MINATARIES, 85 loges, 700 âmes.	La bande des Loups, des Chiens-Fous, des Chiens, des Vieux-Chiens, des Taureaux, des Chevreuils à queues noires.	Village permanent sur le Missouri au fort Berthold.	Langue qui approche de celle des Corbeaux.
ASSINIBOINS, 1,500 loges.	La bande des Canots, du Gaucher.	Au nord du Missouri à l'est des Pieds-Noirs.	Langue des Sioux.
CORBEAUX, 400 loges, 1,800 âmes.	Les Corbeaux, les Suceurs-de-Jus, qui se divisent en 12 petites bandes comme suit : bande de la Bête-Puante, Mauvaises-Mitasses qui campent proche, les Trompeurs, les Bouches-Rouges, les Mauvais-Coups, les Chiens-de-Prairie, les Loges attaquées, les Shiptelza les Coups de pied dans le ventre, les Loges sans Chevaux, les Déterreurs-de-Racines.	La vallée de la Roche-Jaune.	Langage propre.
PIEDS-NOIRS, 1,200 loges, 9,600 âmes.	Les Pieds-Noirs, les Gens-du-Sang, les Pégans, les Gros-Ventres, les Surcies, les Pieds-Noirs du Nord et du Sud, les Mangeurs-de-Poissons, le Poil-en-Dehors, les Petites-Robes, les Gens qui ne rient pas, les Gens-du-Sang, la bande de Fiente-de-Buffle.	Leur pays est au nord du Missouri, à l'ouest des Assiniboins.	Parlent trois différentes langues.

Tableau de la nation ,..

NATIONS.	TRIBUS.	SOUS-TRIBUS.	BANDES PRINCIPALE
Les Sioux ou Dacotahs environ 3,000 loges ou 30,000 âmes (10 individus par loge).	Jantons, 300 loges.		La bande des Lumières. Ceux qui ne mangent pas l'Oie Ceux qui ne font pas cuire.
	Jantonnois, 350 loges.		Ceux qui ne mangent pas le ꞉ Les Coupes-Têtes. Les Gens des perches. Les Peu qui vivent.
	Les Titans, 2280 loges.	Les Brulés, 500 loges.	Les Gens qui tirent dans les ꞉ Les Faisans. Les Orphelins. Les Gens qui font cuire la ch Les Chevaux à longues jambe Ceux qui font cuire leurs pla Les Mauvais bras. Les Gens du milieu. Les Mangeurs de Corbeaux. Les Gens des coupes.
		Les Sioux, Pieds-Noirs 450 loges.	Les Gens aux pieds noirs. Les Gens à mauvaises figure Les Avant-Derniers. La bande de la Plume du Co La bande de la Médecine du I
		Les Sioux, Onkepapah 320 loges.	Les Gens à moitié cuits. Les Colliers de Chair. Les Dormeurs des Chaudière Les Dos blessés. Les Mauvais Arcs. Les Gens qui portent. La Rivière qui court.
		Minikanjou 270 loges.	Ceux qui ne mangent point de Les Ecailles des Oreilles. Le Jaja dat-cah.
		Sans-Arcs, 250 loges.	Les Sans-Arcs. La bande de l'Eau-Rouge. Les Mangeurs de Fesses.
		Les Ogallallas 400 loges.	La bande des Ogallallas. La bande du Collier de la Vieill La bande du Nuage Nocturne La bande de la Loge Rouge. La bande des Cheveux courts
		Chaudières.	Point de divisions.

Haut-Missouri.

…GRÉE.	PRINCIPAUX CHEFS.	LEURS NOMS INDIENS.	
…lée …Rivière …ques. …est des …tons …nord du …souri.	L'Homme qui frappe l'abeille.	Pata-ni-a-pa-pi.	Sioux, 50,000; Sheyennes, 3,000; Aricarie, 1,500; Mandans, 150; Minatarics, 700; Assiniboins, 4,800; Corbeaux, 4,800; Pieds-Noirs, 9,600. — En tout : 54,550.
	L'Ours graissé.	Mato-sah-itch-i-ay	
	Le Nuage rouge.	Ma-pi-a-lu-tah.	
	L'Homme qui dit vrai.	C-ay-tha-ca-pi.	
	Le Collier à Ossailles.	Hi-hoon-num-pi.	
	Les Deux Ours.	Ma-toh-noh-pa.	
	L'Araignée blanche.	Itch-to-uni-skah.	
…e l'Eau …court, …e Platte …Rivière …nche.	Le Petit Tonnerre.	Wa-chi-un-chi-ki-buch.	
	Le Corps de l'Aigle.	Tchi-i-wach-bel-i.	
	L'Ecaille de Fer.	Ma-sa-pan-ches-ca.	
	Le Taureau rouge.	Ta-tum-tcho-tu-tah.	
	Le Mauvais Taureau.	Ta-tun-tcha-se-tchah.	
	Le Tonnerre blanc.	Wa-che-un-ska.	
…vière …yenne, …oulet …canon, …ivière …rande.	Le Petit Ours.	Ma-to-tchi-kah.	
	Les Pieds blancs.	O-jah-ska-sha.	
	La Côte d'Ours.	Ma-ta-tchu-i-tsa.	
	Les Quatre Cornes.	Hay-to-kah.	
	La Corne rouge.	H-la-tah.	
…te de la …eyenne, …les …s-Noires.	Le Petit Brave.	Hi-to-kah.	
	Le Poisson rouge.	Oh-ghag-lu-tah.	
	Les Pieds d'oreilles de plumes	We-akah-oh-wee.	
	La Plume du Corbeau.	Con-gi-wi-a-kah.	
	L'Ours paresseux.	Ma-to-un-d'hique-pa-ni.	
	L'Homme de Médecine.	Wi-tscha-sa-sfia-kah.	
…ourche …Sud et …Nord de la …latte, et …ouest des …es-Noires.	Le Tourbillon.	Wa-mine-ma-du-sah.	
	L'Eau rouge.	Mina-shah.	
	Le Taureau debout	Wam-ba-li-ghi.	
	L'Aigle jaune.	Totum-cha-na-sha.	
	Les Quatre Ours.	Ma-to-pah.	

PRÉCIS HISTORIQUES,

ALLOCUTION

SUR LA VIE ET LES VERTUS DU

T. R. P. JEAN ROOTHAAN

GÉNÉRAL DE LA COMPAGNIE DE JÉSUS

Par le P. Minini, S. J.

—

APPENDICES

PAR ÉD. T.

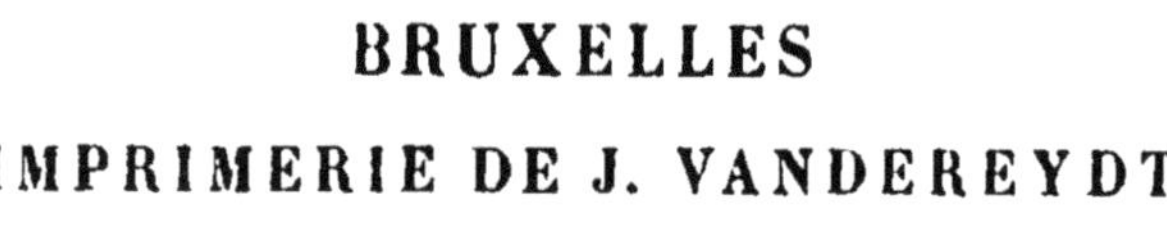

BRUXELLES
IMPRIMERIE DE J. VANDEREYDT
Rue de Flandre, 104

—

1853

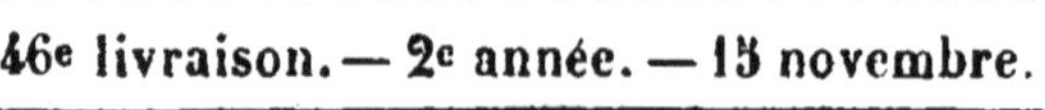

46e livraison. — 2e année. — 15 novembre.

COLLECTION DE

PAR ÉD. TERWECOREN, S. J.